달의 입술을 훔치다

달의 입술을 훔치다

다인숲 단시초집

조선시대를 포함한 근현대 화가와 장인들의
어진 마음자리가 담겨 있는 그림, 유물, 유적과 생활 도구
거기에 밑줄을 긋고 들여다보았다.

고
정
선

다인숲

가슴 깊은 곳을 묵직하게 흔들며

수천 번의 매질로 찾아낸

하늘의 소리

세포 하나하나를 어루만지고 지나가는

바람의 소리

그 소리의 속삭임에 대답할 수 있고 싶다.

조선시대를 포함한 근현대 화가와 장인들의

어진 마음자리가 담겨 있는

그림, 유물, 유적과 생활 도구

거기에 밑줄을 긋고 들여다보았다.

시조를 향한 나의 은밀한 의지가

또 한 번

알몸으로 바람을 맞으며

섬세하게 발효되길 기다려 본다.

2024년 가을 초입에

고정선

제2부

제3부

제4부

제1부

낙파 이경윤 작 「월하탄금도」 (고려대학교 박물관)

낙파 이경윤(1545~1611)의 〈월하탄금도〉는 〈산수인물화첩〉에 실려 있는
그림 중의 한 폭으로, 인물을 중심으로 한 소경산수의 형식을 갖추고 있다.
이 그림의 초점은 거문고를 타는 선비에게 주어져 있고, 주변의 바위와 나무,
그리고 달은 배경 구실을 하고 있다.
_ 송혜진, 숙명여대 전통문화예술대학원 교수

월하탄금도 月下彈琴圖

고요도 등진 산허리

목마른 듯 비낀 눈빛

무현금 빈 괘마다

차향을 줄로 걸고

솔바람 찻잔에 들여

달의 입술을 훔친다

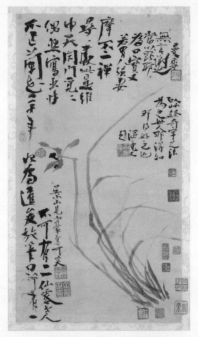

추사 김정희 작 「불이선란도」 (국립중앙박물관)

추사 김정희(1786~1856)의 〈불이선란도〉는 글씨를 쓰듯, 난을 그린 대표적
인 작품이다. 오른쪽 하단에서 뻗어 나온 난 한 포기는 바람을 맞서는 듯한
꽃대와 바람에 휘어지는 난잎으로 나누어진다. 난 그림에서 찾아낸 경지를
불이선으로 표현했다. 그래서 그림 제목이 불이선란이다. _ 국립중앙박물관

불이선란도不二禪蘭圖

생각이 가는 대로 따라가 본 붓의 길

불이선 눈앞에 펼친 깨우침이 순간이다

화심花心에

찍어 둔 침묵

난향이 남긴 사리

설곡 어몽룡 작「월매도」(국립중앙박물관)

설곡 어몽룡(1566~1617)이 매화 가지와 달의 아름다움을 묘사한 작품. 이
작품은 굵은 가지가 종횡으로 굴곡진 특이한 구도를 바탕으로 완만한 곡선으
로 표현한 작은 가지의 유연함이 조화롭다. 중앙에 과감히 배치한 둥근달과
달무리의 아스라하고 세련된 표현이 아름다움을 더한다. 월매도는 5만 원권
뒷면 그림으로 사용되고 있다._ 다음 백과

월매도 月梅圖

삼동三冬을 견뎌내고 허리 흰 묵은 가지

암향부동暗香浮動
귀로 듣는 밤
병근 매화 안고서

농익은
달의 속살을
외로 앉아 보고 있다

단원 김홍도 작 「주상관매도」 (우리 미술관 옛 그림)

김홍도(1745~1805)의 주상관매도는 대상은 적게 그리고, 여백은 넓게 남긴
특이한 구성이다. 두 사람이 조각배에서 술상을 앞에 두고 비스듬히 몸을 젖
혀 강물 건너편 벼랑 위에 피어 있는 매화를 보고 있다. 선비와 매화의 거리
가 멀진 않지만, 안개가 둘러싸 어디가 하늘이고 어디가 물인지 가늠할 수가
없는 '물아일체'이다. _ 옛 그림 읽는 남자, 옛 그림 산책 3

주상관매도 舟上觀梅圖

구름 떠다닌 봄물에
흔들리며 꿈을 꾸다

물안개 거둬가는
매향梅香을 앉혀놓고

마주 댄 술잔 가득히
바람의 말을 채운다

헤원 신윤복 작 「미인도」(간송미술관)

헤원 신윤복(1758~1814)이 그린 대표적 미인도. 옷 주름과 노리개를 두 손
으로 매만지며 생각에 잠긴 듯한 젊은 미인의 서 있는 모습을 약간 비켜선 위치
에서 포착해 그린 것이다. 조선 후기 여인의 아름다운 자태와 순정이 신윤복
특유의 섬세하고 유려한 필선과 고운 색감, 정확한 묘사에 의해 사실적으로
표현되었다._ 다음 백과

미인도

어슬녘 내릴 때면 눈물샘 더 깊어져

닫아건 마음 깊이 가둬둔 마른 정情이

해어화解語花

향기 진한 밤

기우는 달을 품었다

겸재 정선 작 「금강전도」 (겸재정선미술관)

조선 후기 우리나라의 진경산수화풍을 연 겸재 정선(1676년~1759년)이 내
금강의 모습을 그린 작품이다. 내금강의 실경을 수묵담채로 그렸으며 전체
적으로 원형 구도를 이루고 있고 위에서 아래로 내려다본 모습이다. 눈 덮인
봉우리들은 거칠고 날카로운 모습으로 표현하였고, 위쪽에는 비로봉이, 중심
엔 만폭동 계곡이 위에서 아래로 가로지르고 있다._ 나무위키

금강전도 金剛全圖

태극 속 오행의 기운 봉우리마다 내려앉아

낯익은 부름으로 지친 발을 잡아두고

겹겹산 맑은 물소리

바람이 되어 등을 민다

추사 김정희 작 「세한도」 (국립중앙박물관)

추사 김정희(1786~1856)의 대표작. 문인화의 최고 정수를 보여주는 작품으로, 제자인 역관 이상적의 변함없는 의리를 날씨가 추워진 뒤 제일 늦게 낙엽지는 소나무와 잣나무의 지조에 비유하여 1844년 제주도 유배지에서 답례로 그려준 것이다. 그림 끝에 작화 경위를 담은 작가 자신의 발문과 청나라 때 열 여섯 명사들의 찬시가 적혀 있다._ 다음 백과

세한도

자욱한 그리움이
그늘진 시간 깁는 밤에

보고픈 님 닮은 백목柏木
푸른 피가 뜨거워지면

갈필로 받아 둔 사연
시린 눈물 고르고 있다

공재 윤두서 작 「자화상」 (녹우당)

공재 윤두서(1668~1715)의 자화상은 보는 사람이 정시할 수조차 없으리만큼 화면 위에 박진감이 넘쳐흐른다. 윗부분이 생략된 탕건, 정면을 응시하는 눈, 꼬리 부분이 치켜 올라간 눈썹, 잘 다듬어진 턱수염, 살찐 볼, 두툼한 입술에서 윤두서의 성격과 옹골찬 기개를 읽을 수 있다. 또한 연발수連髮鬚 형태의 수염이 안면을 부각시킨다. _ 한국민족문화대백과사전

자화상

사늘한 당파 바람
침묵으로 받아치며

불갈기 수염으로
가둬둔 속내 움켜쥐고

바람길 바위로 앉아
울음 서 말 저미고 있다

작가 미상 「까치 호랑이」 (호암미술관)

조선시대 민화의 대표적인 화제 가운데 하나이지만 누가 그렸는지는 알 수
없다. 맹수인 호랑이는 잡귀를 막아주는 영물로 믿어왔기 때문에 정월 초하
룻날 대문 등에 붙이는 세화의 문배용으로 사용되었고, 까치는 좋은 소식을
전해주는 길조로 여겨졌기 때문에 이를 함께 조합하여 길상과 벽사를 위해
제작되었던 것으로 볼 수 있다. _ 다음 백과

까치 호랑이

잡귀 막는 호랑이와

좋은 소식 까치가

흐리고 엉킨 가슴앓이

엿듣고 씻어주며

주련 글 소문만복래

읽는 소리 순정純正하다

연담 김명국 작 「달마도」 (국립중앙박물관)

연담 김명국(1600~?)이 달마를 소재로 삼은 이 그림은 두포를 쓴 상반신만
다루었다. 단숨에 그어 내린 듯한, 대담하고 힘찬 감필로 처리된 달마의 모습
은 고아함을 짙게 풍기며 강렬한 느낌을 자아낸다. 9년간의 면벽 좌선으로
응결된 달마의 정신세계가 한두 번의 붓질로 표출되어 있어 우리나라의 가장
대표적인 선종화로 손꼽힌다. _ 한국민족문화대백과사전

달마도

면벽구년面壁九年 집어삼킨 몸피를 뒤집어쓰고

길 잃은 화두 거둬 옆구리에 끼더니

처처에 부처를 잡고

같이 가자

묻는다

화재 변상벽 작 「어미 닭과 병아리」 (국립중앙박물관)

화원 화가 변상벽(생몰년 미상)의 그림이다. 고양이와 닭을 잘 그려서 '변 고
양이', '변계'라는 별명을 가졌던 화가의 작품답게 그림 속의 닭과 병아리는
마치 살아있는 듯 생생하다. 조선 후기 화조화 중에서도 가장 사실적이고 정밀
한 화풍을 보여주는 그림이다. 따스한 봄날 한옥 방에 들어앉아 창을 열어젖
히면 펼쳐질 것 같은 장면이다. _ 국립중앙박물관

어미 닭과 병아리

봄 햇살 쌓여 있는 마당귀 한쪽에서

병아리들 옹아리를 깃 다듬듯 들어주는

어미 닭 듬쑥한 눈빛

높낮이 없이 웃고 있다

정선 작 「인왕제색도」 (국립중앙박물관)

정선(1676~1759)의 〈인왕제색도〉는 한국 전통 회화를 대표하는 작품으로
평가받는다. 화면 아래쪽 안개구름을 따라가다 고개를 들면 우뚝 솟은 검은
바위가 눈에 들어온다. 인왕산 주봉인 치마바위다. 안개구름에 싸인 산이 살아
움직이는 듯하다. 아래쪽에 있는 집 주변을 감싸며 산허리까지 차 있는 안개
구름도 금방 몽글몽글 피어오를 것 같다. _ 국립중앙박물관

인왕제색도仁王霽色圖

발묵의 깊이로
산의 뼈가 솟아나고

더하고 덜한 붓질로
산의 숨이 가쁘고

산허리 안개구름은
굽은 길을 놓치네

단원 김홍도 작 「마상청앵」 (간송미술관)

단원 김홍도(1745~1806)는 진경 풍속화풍의 대미를 장식한 화가로 이 그림
은 그의 대표작이다. 신록이 짙어가고 뭇꽃들이 피어나는 늦봄, 화창한 날에
젊은 선비가 봄기운을 이기지 못해 문득 말에 올라 봄을 찾아 나섰다가 길가
버드나무 위에서 꾀꼬리 한 쌍이 화답하며 노니는 것에 넋을 빼앗긴 채 서서
바라보는 장면을 사생해 낸 그림이다._ 간송미술관

마상청앵 馬上聽鶯

꾀꼬리 우는 소리 푸르게 더듬다가

연두 버들 허리에 두른 봄빛을 만났다

서로가 눈부처 되어

늦봄을 건너간다

고람 전기 작 「매화초옥도」 (국립중앙박물관)

고람 전기(1825~1854)의 이 작품은 눈 덮인 흰 산, 잔뜩 찌푸린 하늘, 눈송이
같은 매화, 인물의 알록달록한 옷 등이 잘 어울려 조화롭고 산뜻한 분위기를
자아낸다. 매화를 짙은 먹으로 줄기와 가지를 이어서 그리고 흰색 호분점을
찍어 꽃을 표현했다. 담묵의 붓질로 산에 명암을 넣듯 준법을 썼고, 청록색
을 덧칠한 태점을 세워 그린 점이 독특하다._ 국립중앙박물관

매화초옥도梅花草屋圖

글 벗 찾아가는 길
일만 송이 매화 피어

거문고 등에 멘 채
암향을 즐기는데

잔바람
앞선 발걸음
초옥 문을 두드린다

탄은 이정 작 「풍죽도」 (간송미술관)

탄은 이정(1554~1626)은 조선시대의 대표적인 묵죽 화가다. 바위틈에 뿌리
를 내린 대나무 네 그루가 강풍을 맞고 있다. 뒤쪽 세 그루 대는 찢겨 나갈 듯
요동치지만, 한복판에 자리한 한 그루의 대나무는 댓잎만 나부낄 뿐 바람에
당당히 맞서고 있다. 엷은 먹으로 처리한 후면의 대나무들은 거센 바람의 강도
를 느끼게 한다. 〈풍죽도〉는 오만 원권 지폐의 뒷면 배경 그림으로 채택되었
다._간송미술관

풍죽도風竹圖

견디며 사는 거야
바람의 속말 거부하는

담묵 농묵 세죽細竹들
새 떼처럼 날고 싶어

비운 속
직립의 등뼈
휘어짐이 당당하다

제2부

수화 김환기 작 「매화와 항아리」 (환기미술관)

수화 김환기(1913~1974)는 한국 추상미술의 선구자다. 한국적 소재에 관심을
가지고 조선백자를 비롯해 산, 학, 매화, 사슴 같은 이미지에 탐닉했다. 이런
애정에서 탄생한 한 폭의 동양화 같은 독자적인 한국적 추상의 세계는 그의
작품 세계에서 많은 비중을 차지하는 '달과 항아리' 주제에서 잘 드러난다.
_ 미술사를 움직인 100인

내 슬픈 전설의 22페이지

스물두 살 그 시절
속으로 흘러든 아픔

허물 벗은 뱀들과
마른 울음 날름댔다

무의식
지층에 묻고
불꽃 유혹을 목 조르며

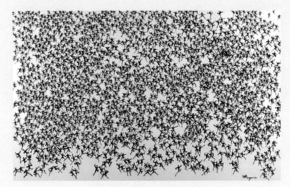

고암 이응노 작 「군상」 (이응노미술관)

고암 이응노(1904~1989)의 1986년 작 '군상'이다. 여기 한지를 광장 삼아
모인 군중이 있다. 양팔을 크게 벌려 가슴을 열어젖힌 사람이 있는가 하면 두
발로 힘껏 땅을 박차 하늘로 솟구치는 사람도 있다. '군상'이 아니라 '군무'라
했어도 좋았겠다 싶은 작품이다. 뛰고 솟고 얼싸안고 구르는 모양새가 음표
가 되어 흥을 부르는 듯하다._ 서울경제, 조상인의 예

군상群像

아름다운 혼불이다
반춤 추는 군상

갈 길 잃은 몸이 흘린
우울한 먹피 내음

어둠이 제 키를 높여
마른 울음 가둔다

장욱진 작 「진진묘」 (장욱진미술문화재단)

장욱진(1918~1990)의 진진묘는 '부처의 참된 이치를 재현하는 사람'을 말한다. 장욱진 화백의 아내, 이순경 여사의 법명이다. 장욱진은 '참으로 놀랍고 아름답다'는 의미로 해석했다. 〈진진묘〉는 장욱진의 첫 불교 관련 작품으로 단순히 기도하는 부인을 그린 초상화의 성격뿐만 아니라 종교성이 짙은 그림이다._ 가장 진지한 고백, 장욱진 회고전 3부

진진묘

가슴에서 꺼낸 아들 노을 밖으로 지던 날

어둡고 깊은
열명길
초롱 들고
앞서가며

이름을 부를 때마다
짓고 부수는
불심佛心 한 채

청전 이상범 작 「무릉도원」 (국립현대미술관)

청전 이상범(1897~1972)은 도원명의 '도화원기'에 나오는 무릉도원의 풍경을 그렸다. 1~3폭을 보면, 어부가 노를 저어 동굴 입구에 다달아 살펴보고 있다. 4~5폭에는 동굴 외부의 울울창창한 기암의 산들과 나무숲 풍경이 보인다. 6~10폭에는 동굴 밖의 경이로운 풍경이 나타난다. 평화롭고 호젓한 풍경이 이상향의 정경이다._ 이상범의 무릉도원 | 작성자 paulchaks

무릉도원武陵桃源

보풀처럼 일어나는 헛생각 접어둔 채

함께 해서 좋은 것들

인기척이 반가운

이상향,

훔쳐본 몽유夢遊

가는 길을 열었다

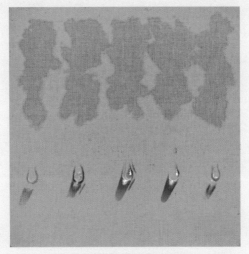

김창렬 작 「물방울」(김창렬미술관)

김창렬(1929~2021)은 '물방울 작가'라고 불리며 한국 현대미술에 한 획을 그었다. 극사실주의적 필치로 그려내는 그의 물방울 작품은 초기에는 응집력 강한 영롱한 물방울에서, 최근에는 표면장력이 느슨해져 바탕에 스며들기 직전의 물방울까지 다양하게 이어지고 있다. 그리고 우리는 영롱한 물방울 속에서 또 다른 환상도 본다. _ 위키백과

물방울

둥글게 말린 물의 숨결
빛 속으로 떠난 후

무젖은 별들이
눈부시게 녹아들자

시간을
어루만지던
고요가 문득 불을 켠다

운보 김기창 작 「군마」 (국립현대미술관)

운보 김기창(1914-2001)은 어렸을 때 장티푸스에 걸려 청각 장애를 갖게 되
었다. 김기창은 '군마'라는 소재를 즐겨 그렸는데, 여러 마리의 말이 무리를
이룬 가운데, 서로 방향을 달리하여 앞모습, 뒷모습, 옆모습 등이 골고루 표현
되어 있고, 동세를 표현한 방식이 매우 탁월하다. 기운 생동하는 활달한 필세
가 잘 드러나는 작품이다. _ 국립현대미술관

군마群馬

듣지 못해 깊이 운 날
편자로 덧대 붙여

말갈기 부여잡고
저물도록 달리다가

콧바람 폭죽 터지듯
붓의 길을 열었다

이당 김은호 작 「간성」 (국립현대미술관)

이당 김은호(1892~1979)가 제6회 조선미술전람회에 출품한 채색 인물화이
다. 한복을 입은 여성이 골패를 이용해 하루의 운세를 점치고 있으며, 여름
돗자리가 깔린 방 한구석에는 태우다 만 담배가 놓여 있다. 활짝 열린 정원에
초록이 한창인 대나무, 꼭 다문 나팔꽃잎의 묘사로 한여름이라는 시공간을
설정하였다. _ 한국민족문화대백과사전

간성看星

한복 자락 배어든
달큰한 살냄새에

더위 먹은 초록 바람
대청마루 기웃대고

골패 짝
흔들린 운세
조롱 속 새가 엿본다

수화 김환기 작 「섬 이야기」 (호암미술관)

김환기(1913~1974) 화백의 고향인 전남 신안군 기좌도(현 안좌도)를 소재
로 항아리 형태의 반복, 파문처럼 확산되어 가는 원형의 곡선이 운율감을
자아내는 작품이다. 작품 속의 보름달과 하늘을 나는 새, 백자 달항아리를
머리에 이고 있는 인물들은 광복 이후 김환기의 작품에 자주 등장하는 소재
다._CBS 노컷뉴스 임기상 선임기자

섬 이야기

바다 건너 초록의 땅

해비늘로 뜨는 섬

구름 밀며 나는 새

달항아리 기웃대면

아낙네 이맛전에 핀

섬,
거기 환한 봄날

강암 송성용 작 「묵죽도」 (강암서예관)

강암 송성용(1913~1999)은 20세기 호남을 대표하는 선비이자 서예가이다. 선생의 묵죽도를 보면 대숲에 이는 청량한 바람에 시원함이 가득 담겨 있다. 대나무의 겉모습뿐만 아니라 대나무의 본질적인 절개와 청한함, 절조가 있는 그림으로, 옹골찬 대와 올곧은 글씨가 다르지 않고 특히, 댓잎으로 쓴 것 같은 꼿꼿함이 잘 보인다._ 서법탐원 / 서예 인물론

묵죽도墨竹圖

벼린 눈길 앞세워

바람을 움켜쥐고

어지럽게 떠다니던 댓잎의 푸른 소리

칸칸이

채운 결기가

올곧아서

외롭다

유영국 작 「산」(국립현대미술관)

유영국(1916~2002) 화백은 일제강점기 한국 추상미술 1세대 화가이다. '산'
을 모티브로 하여 선, 면, 색채로 구성된 비구상적 형태로서의 자연을 탐구
하였다. 강렬한 원색과 기하학적 패턴의 면 분할, 구축적이고 절제된 구성을
특징으로 하는 유영국의 기하학적 추상화에는 장대한 자연의 숭고미가 응축
되어 있다._ 한국민족문화대백과사전

산

고향 떠난 이후로

몸 안에서 울던 산이

꿈꾸며 품었던 기억

너무 깊어 돌아서다

원색의 등뼈 세운 채

그리움에 떨고 있다

이중섭 작 「서귀포의 환상」 (호암미술관)

이중섭(1916~1956)이 서귀포 피난 시절 완성한 그림으로 스케일이 크고 특유의 양식화가 덜 되어있으며 밝고 온화한 색채를 사용해 환상적인 낙원의 모습을 표현한 작품이다. 원경 · 중경 · 근경으로 나눈 회화적인 공간에 푸른 바다를 배경으로 흰 새를 타고 나는 아이들, 풍요로움 속에서 노동과 놀이를 즐기는 아이들은 현실에는 없는 낙원의 모습이다._ 다음 백과

서귀포의 환상

꿈이라도 좋으니 깨지만 말았으면

아이들은 새와 놀고
들녘은 풍요로워

서럽게 살아온 날들

침묵으로

접어두고

박수근 작 「절구질하는 여인」 (국립현대미술관)

박수근(1914~1965)의 이 작품은 아기를 업은 채 절구질을 하는 여인의 모습
에서 고단한 여인의 생활을 잘 보여준다. 이는 '밀레와 같은 화가가 되고 싶
었던' 박수근의 작품 세계와 맞닿아 있는 것이다. 또 박수근 특유의 색감과
마티에르가 완성도 있게 구사돼 그의 무르익은 기량과 정제된 기법의 구사가
잘 드러나 있다._ 뉴스1 박정환 문화전문기자

절구질하는 여인

물 대신 마른침 삼켜
한숨으로 한숨을 찧던

터지는 복장 누르고
우는 아이 업어 재운

모정은 화수분일까

굴피 같은
허리가 묻는다

고암 이응노 작 「취야」 (이응노미술관)

선술집에 앉아 술잔을 기울이는 두 사람과 그 뒤편으로 술집 주인으로 보이는
사람을 그린 작품이다. 고암 이응노(1904~1989)는 이 시기 자포자기의 생활
을 하면서 보았던 밤 시장의 풍경과 서민 생활의 체취가 따뜻하게 느껴졌다
며 서민들의 강인한 생명력과 생존에 대한 투쟁심을 표현하고자 했던 의도라
고 볼 수 있다._ 문화저널 맥(https://www.themac.co.kr)

취야醉夜

늦은 밤,

예측 없는 내일을 위해
한 잔 더

취기가
닫아 둔 새벽
갈지자로
흔들릴 때

사내들
서로를 안고
붉은 눈 힘주어 뜬다

이중섭 작 「흰소」 (국립현대미술관)

이중섭(1916~1956)의 이 작품은 거친 선묘와 소의 역동적인 자세 등이 작가 개인의 감정을 표출한 것이라고 보기도 하고, 한국의 토종 소인 황소를 흰색의 소로 표현한 것에서 백의민족인 한민족의 모습을 반영한 민족적 표상으로 해석되기도 한다. 특히 소의 묘사에서 보이는 구륵법은 고구려 고분벽화에서도 나타나는 표현법이다. _ 한국민족문화대백과사전

흰소

눈물 크렁 흰 소의 뜸베질에 영각 소리

처자식 되새김질해

밤낮으로 품어도

정물로

남은 그리움

반복되다 시들고

제3부

분청사기 귀얄무늬 병 (국립중앙박물관)

목이 길고 몸통의 아랫부분이 둥그스름하게 벌어져 있는 병으로 간단하게
백토를 칠하는 귀얄 기법이 적용되었다. 무늬가 새겨진 작은 도장을 찍어 패인
부분에 백토를 채우는 인화印花 기법에 비해 귀얄 기법은 작업 속도가 단축
되고 대량생산에 더욱 적합한 장점이 있다. 귀얄 기법은 인화 기법이 쇠퇴할
무렵에 본격적으로 만들어졌다._ 국립중앙박물관

분청사기 귀얄무늬 병

손맛 본 분장토가 흙이기를 거부한다

한삼을 풀고 감듯
질박한 귀얄의 춤

맨몸에
실물결 후린

민낯이 당당하다

경주 남산 용장골 석조 불두 (국립경주박물관)

불두는 왼쪽 턱 부분과 코끝이 약간 파손되었으나 전체 상호의 이목구비는 뚜렷하다. 내려감은 두 눈매는 표현하지 않았으며, 작은 입은 양 끝을 약간 올리고 끝을 깊게 조각하여 고졸의 미소를 띠고 있다. 방형에 가까운 둥근 얼굴에 큼직한 이목구비는 아동형 불상에 가까워 고신라기인 7세기 전반의 작품으로 여겨진다. _ 한국문화순례 서라벌문화권 남산 순례

경주 남산 용장골 석조 불두

언제 어디로 왜 갔는지
알려고 할 것 없다

몸피에 새긴 불심佛心
머릿속에 넣어주고

무소유,
소신공양한

독한 그 몸
참 부처다

청자 연리문 완 (국립중앙박물관)

내·외면이 청자 태토(원료가 되는 흙)와 백토(흰빛 흙), 자토(붉은빛 흙)로
문양을 낸 연리문으로 장식되어 있는 청자 완(주발)이다. 빙렬(표면에 작은
금)이 많으며, 전체적으로 기형(그릇 모양)이 한쪽으로 쳐져있다. 기측선(도
자기의 옆선)은 거의 사선으로 올라가는 형태이며, 구연부(입)는 약간 외반
(바깥쪽으로 구부러짐)되었다._ 국립중앙박물관

청자 연리문練理紋 완碗

허물고 치댈 때마다 서로 안아 버티더니

결이 다른 붓질로 긁어낸 표정 잇댄

연리문,
불향香의 기억

더듬거리다 휘어진다

귀를 씻는 허유 이야기가 그려진 거울 (국립중앙박물관)

원형의 거울 가장자리를 8엽의 꽃 모양으로 파내어 그 안에 산수와 인물 등을 양각으로 표현한 고려시대의 전형적인 거울이다. 거울 뒷면에는 시냇물이 흐르는 숲속에 두 인물이 묘사되어 있는데, 이는 중국 고대의 요 임금 시절 때 은사 소부와 허유의 '기산영수'라는 고사를 표현한 것이다.
_ 국립중앙박물관

귀를 씻는 허유 이야기가 그려진 거울

마음을 씻는 일도 쉽지 않은 일인데

귀까지 씻으라는 천둥 같은 울림이다

허유가 나를 보더니

못 본 척

눈도 씻는다

분청사기 덤벙무늬 완 (국립중앙박물관)

분청사기는 삶의 정서가 반영된 질박(실질적이며 소박) 한 아름다움을 보여
주고 있다. 서민의 체취를 자아내는 분청사기의 미적 성취는 세계 공예사적
으로도 아주 드문 것이다. 그릇을 백토에 덤벙 담갔다가 꺼내면 '담금 분청
(또는 덤벙 분청)'이라고 부른다. 이 백토 분청은 분청사기의 마지막 형태이
기도 하다._유홍준의 한국 미술사 강의 5

분청사기 덤벙무늬 완

태토胎土 치댄 눈빛을
백톳물에 담가 빼니

흙 속에서 자던 새가
꿈 밖으로 날았다

머문 곳,
차심茶心의 둥지

눈을 뜨는
물꽃 향기

금동 정지원명 석가여래 삼존 입상 (국립중앙박물관)

청동 위에 도금하여 만든 것으로, 8.5㎝의 크기이다. 좌협시 보살상의 대부분
이 부서져 없어지고, 일부 도금된 부분이 벗겨진 상태이다. 불상 광배 뒷면
에 새겨진 16자의 명문은 정지원이 죽은 부인을 위하여 이 불상을 조성하였
다는 것을 알려주고 있을 뿐 언제 어떤 성격의 불상을 만들었는지에 대한 내용
은 없다._ 한국민족문화대백과사전

금동 정지원명 석가여래 삼존 입상

삼도내 건너는 님
눈부처로 앉혔다가

서천 꽃밭 길 열어 준

정지원,
이름 석 자

속울음 지나간 자리

눈치 없이 젖어있다

청자 사자 장식 뚜껑 향로 (국립중앙박물관)

향로는 피운 향이 뚜껑의 구멍을 통해 사자의 입으로 빠져나가도록 만들어졌
다. 뚜껑은 윗면에 한 단을 더 조성하여 사자를 올렸으며, 뒷다리를 구부려
웅크리고 앉아있는 모습, 크고 동그랗게 뜬 눈에 철화 안료로 표현된 눈동자,
낮게 숙이고 있는 귀, 등에 올려붙인 꼬리 등은 매우 친근감 있는 모습으로
다가온다._ 국립중앙박물관

청자 사자 장식 뚜껑 향로

향 연기 구슬려서
간절한 맘 풀어본다

입술 끝 도는 이름
비손에 눅어진 듯

모른 척 다녀가셨나
귓불이 간지럽다

금동반가사유상 (국립중앙박물관)

왼쪽 무릎 위에 오른쪽 다리를 걸치고 고개 숙인 얼굴의 뺨에 오른쪽 손가락을 살짝 대어 깊은 명상에 잠긴 모습이다. 입가에 머금은 생기있는 미소, 살아 숨 쉬는 듯한 얼굴 표정, 부드럽고 유려한 옷 주름, 상체와 하체의 완벽한 조화, 손과 발의 섬세하고 미묘한 움직임 등이 이상적으로 표현된 동양불교 조각사의 기념비적인 작품이다._ 국립중앙박물관

금동반가사유상

보이지 않는 의심으로
답 없는 셈만 하다

입술 끝 걸린 미소에
가야 할 길 물었더니

볼에 댄 손가락 끝이
가리키는 곳

나였다.

미로한정 (수원문화재단)

미로한정은 화성행궁 후원에 세운 소박한 정자이다. '늙기 전에 한가로움을
얻어야 진정한 한가로움이다'라는 시구를 인용한 것으로 보인다. 정조가 아들
순조에게 왕위를 물려주고 수원에 내려와 한가하게 노년을 즐기고자 했던 뜻
이 담겨 있다. 화가 김홍도는 미로한정 주변에 가을 국화가 가득한 모습을
'한정품국'이라는 그림으로 남겼다._ 수원문화재단

미로한정 未老閑亭

눈 못 감고 가신 어른

달빛으로 내려와

상처가 살아난 곳

한가로운 척 바라보다

속말은 가슴에 접고

바람의 말 우리고 있다

백자 달항아리 (국립중앙박물관)

생긴 모양이 달덩이처럼 둥그렇고 원만하다고 하여 달항아리로 불린다. 몸체
는 완전히 둥글지도 않고 부드럽고 여유 있는 둥근 모양이다. 푸른 기가 거의
없는 투명한 백자유가 씌워졌고, 부분적으로 빙렬이 크게 나 있으며, 표면의
색조는 우윳빛에 가깝다. 조선백자의 미를 대표하는 잘생긴 항아리로 꼽힌
다._ 국립중앙박물관

백자 달항아리

흰 손목 보일락 말락

지성 어린 비손으로

훅 설렌 온달 당겨

정화수에 띄우니

빙렬 속 흘러든 미소

말갛게 묻어난다

백지에 금니로 쓴 화엄경 (국립중앙박물관)

대방광불화엄경은 줄여서 '화엄경'이라고 부르기도 하며, 부처와 중생이 둘이
아니라 하나라는 것을 중심사상으로 하고 있다. 『화엄경』 제29권의 내용을
흰 종이에 금색 글씨로 옮겨 적은 것이다. 검푸른 빛의 표지에는 화려한 꽃무
늬와 제목이 금색으로 처리되었고, 권머리에는 불경의 내용을 요약하여 그린
변상도가 있다._ 문화재청 국가문화유산 포털

백지에 금니로 쓴 화엄경

처처에 부처이니 두려워할 필요 없다

나 없으면 너도 없고
돌아보면 하나라

삼매三昧 속
견성의 바다

배 한 척 떠 간다

빗살무늬 토기 (국립중앙박물관)

빗살무늬 토기는 바닥이 뾰족한 포탄 모양의 형태를 하고 겉면은 점과 선으로 구성된 기하학적인 문양으로 장식된 토기이다. 형태는 간결한 V자형을 하고 있으며, 아가리 부분에는 짧은 빗금무늬, 그 아래에 점을 이용한 마름모무늬를 눌러 찍어 장식하였다. 자연 속에서 생활하였던 신석기인들의 세계관을 추상적으로 표현한 것으로 여겨진다._국립중앙박물관

빗살무늬 토기

원시의 실핏줄이 흙 속에서 불거져

햇살을 덧칠하며 이력으로 남긴 손금

치대며 살아야 했던

눈부신 때깔이다

성덕대왕신종 (국립경주박물관)

성덕대왕신종 또는 에밀레종은 남북국시대 통일신라에서 제작된 동종으로,
전근대에 만들어 국내에 실물이 현존하는 범종 중 가장 크며 그 높이는 3.75m,
지름은 2.27m, 두께는 11~25cm이다. 20세기 전까지 한국 최대의 종이었
지만, '세계 평화의 종'이 설치되면서 밀렸다. 그러나 성덕대왕신종이 한국을
대표하는 범종이라는 점에는 이견이 없다._ 나무위키

성덕대왕신종

이 악물고 끊어 낸 피붙이란 질긴 끈

하늘로 가는 소리
몸을 던져 열었다

에밀레,
야윈 울음이
에미 몸을 두드린다

청자 선인 모양 주전자 (국립중앙박물관)

도가의 이상세계를 그렸던 고려인의 정신세계가 담긴 주전자다. 꽃이 꽂힌 보관을 머리에 쓰고 장식된 도포를 입은 사람이 구름 위에 앉아 큼지막한 복숭아를 얹은 쟁반을 들고 있는 것 같다. 복숭아 아래 잎사귀가 동그랗게 말려 귀때 노릇을 하고, 옷깃과 옷고름, 보관, 그리고 천도복숭아에는 백토를 점으로 찍어 꾸몄고, 눈동자에는 흑토를 상감했으며, 맑고 윤이 나는 담록빛 유약이 두껍게 발려 있다._국립중앙박물관

청자 선인 모양 주전자

못 헤아려 허한 마음 한 잔 술로 삭히며

나를 찾아 떠돈 시간 배경처럼 밀쳐두고

구름집 지어놓고서

도화밭만 들락인다

청자 투각 칠보 무늬 향로 (국립중앙박물관)

이 향로는 고려청자의 대표적인 명품 가운데 하나이다. 이 향로는 향이 빠져
나가는 뚜껑과 향을 태우는 몸통, 그리고 이를 지탱하는 받침으로 이루어진
다. 각각 다른 모양을 기능적으로 결합하여 완성된 조형물로 나타내었을 뿐
만 아니라 여기에는 음각, 양각, 투각, 퇴화, 상감, 첩화 등 다양한 기법이 조화
롭게 이용되었다._ 국립중앙박물관

청자 투각 칠보 무늬 향로

향 연기 돌아들며
가볍게 흔들리다

음각 양각 투각 퇴화
상감 첩화 깨워 놓고

정갈히 흠향하신 이

다복多福
다수多壽
다남多男

빌어준다

제4부

하엽연 (국립고궁박물관)

징니석으로 만든 벼루이다. 벼루의 형태는 조선시대에 유행했던 하엽 형태
이다. 벼루의 앞면 왼쪽 모서리에 드러난 연잎의 뒷면에는 잎맥과 줄기를 표현
하였으며 연잎의 앞면이 되는 넓은 부분에 두 마리의 작은 메기와 모란꽃을
적절하게 배치하였다. 목제 뚜껑을 갖추고 있는데 뚜껑 윗면에는 다섯 마리
의 운룡문을 자개로 장식하였다._ 국립고궁박물관

하엽연荷葉硯

갈리며 몸을 푸는 돌의 소리 듣는다

묵힌 세월 봉인 뜯는
먹과 물의 선문답

수잠 깬 연지 속 숙묵宿墨
체본 글 폈다
되덮는다

곡옥 (국립중앙박물관)

이 곡옥은 목걸이의 장식으로 쓰인 점, 아름다운 녹색의 비취로 만들어진
점, 두툼한 초승달 모양에 윗부분에는 구멍이 뚫린 점 등등이 신라 곡옥의
일반적인 특성을 두루 갖고 있다. 또 곡옥의 윗부분에는 세 줄의 각선이 새겨져
여러모로 통식을 보여준다. 이러한 조화는 곡옥에 아름답고 귀족적인 분위기
를 더해주고 있다. _ 국립중앙박물관

곡옥曲玉

보름달 가장자리

베어내 만든 목줄

별빛 거둬 끈목을 짜

맺고 쥔 사랑 잇고

달빛은 꿈길이 되어

앞섶을 열고 있다

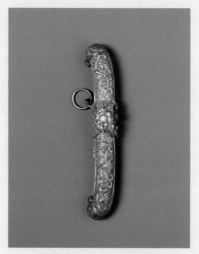

은제 산호장식 장도 (국립중앙박물관)

구슬 무늬를 새겨 장식한 바탕에 연꽃 넝쿨무늬를 도드라지게 새겨 넣은
은장도이다. 위와 아래가 물리는 부분에는 꽃과 대나무 잎 모양이 장식되었
다. 은장도 양 끝단에는 둥글고 작은 산호를 박았다. 가운데 부분에는 은실
을 꼬아서 고리를 만든 후 장도와 장도집을 연결하는 고리를 달았다. 장식이
많이 들어간 화려한 장도이다._ 국립중앙박물관

은제 산호장식 장도銀製 珊瑚裝飾 粧刀

맘과 맘을 홀 맺어
칼날에 새겨 넣고

속귀에 남긴 말씀
흔들림이 없기를

일편심一片心,
벼름질 소리

바람살도
무춤 선다

청자 호랑이 모양 변기 (국립중앙박물관)

위쪽을 응시하며 네 무릎을 꿇어 엎드려 있는 호랑이 모양이다. 입은 귀때로 표현되어 있고, 엉덩이는 힘차게 돌진하는 듯한 모습을 표현하였다. 얼굴은 사실적으로 묘사되어 있다. 머리에서 등으로 이어지는 곳에는 활모양의 손잡이를 붙이고, 손잡이 윗부분에는 빗금을 그어서 줄로 감은 것과 같은 효과를 냈다. 발가락은 네 개씩이며, 세 개로 나뉘어진 마디 사이에는 두 줄의 음각선을 표현하였다. 누에고치 모양을 한 몸통에는 안쪽에 음각선을 넣어 날개를 표현하여 날렵함을 더했다._ 국립중앙박물관

청자 호랑이 모양 변기

입 악물고 허리 굽힌
반쯤 꼬인 자세로

급하면 언제든 와
볼일 보고 가란다

딱 하나,
바라는 것은

오갈 때 맘 똑같기를

함옥 (국립중앙박물관)

함옥은 매미 모양으로 만든다. 지하에서 번데기로 오랜 시간을 지낸 후 탈바꿈
하여 아름다운 소리를 내는 매미를 상징하며 부활을 의미한다.
_ 국립중앙박물관

함옥含玉

설태 낀 혀끝에다
매미 한 마리 얹어 놓고

눌어붙은 입말 대신
부활의 꿈 엿볼 때

상여글
바람이 거둬
하늘 곁에 세운다

개다리소반 (국립중앙박물관)

다리 모양이 개의 다리와 비슷하다고 하여 개다리소반 또는 구족반이라고 불리는 이 소반은 충주반이라고도 한다. 천판은 부드럽게 모가 진 12각으로 상의 윗면에는 붉은 칠을 하고 무늬의 바탕에 다시 검은 옻칠을 하였다. 상판의 중심에는 자개로 복자 무늬를 배치하고 다리 아래쪽에 댄 널에는 풍혈을 뚫어 장식하였다._ 국립중앙박물관

개다리소반

내 집에 오신 이

반갑고 귀한 손님

개 다리면 어떻고

소 다리면 또 어떤가

손맛에 정성이라는

푸진 인심 한상인 걸

동제 촛대 (국립중앙박물관)

수반 모양의 받침 밑에 다리가 달리고 위로는 기둥을 세워 수반형의 받침을
얹고 위로 초꽂이가 통 모양으로 붙은 촛대의 형식이다. 다리는 귀꽃형으로
네 개가 달려있고 초꽂이는 연꽃 장식이 되어있으며 그다지 화려하지는 않지
만 삼성미술관 리움 소장의 촛대와 유사한 형식을 보여준다.
_국립중앙박물관

동제 촛대

더 태울 것 없을 때까지
태워야 할 밤이다

못 본 척 숨죽이던
관음觀淫의 촛농 흘렀다

달큰한 밀랍 냄새를
햇귀가 맡고 있다

나무 기러기 (국립중앙박물관)

혼례 때 신랑이 신부의 부모 또는 친척 앞에서 신부와 백년가약을 서약할 때
징표로서 전달하기 위하여 나무로 만든 기러기. 이 기러기는 머리가 몸통에
끼워 맞추어지도록 만들어졌다. 몸통의 윗 등 가운데 날개는 꼬리 쪽으로 갈
수록 3단으로 낮아지게끔 조각되었다. 눈과 부리를 나타내는 구멍이 있다.
_국립중앙박물관

나무 기러기

날깃을 다듬어 주던
기러기 한 쌍
첫 봄날

꺼진 심지
꿈은 깊고

젖은 몸은
하나 되고

시샘에
잠 못 이룬 달
가는 길목
놓쳤다

옥돈 (국립중앙박물관)

옥돈은 죽은 이후의 세상에서 먹을 양식을 상징하는 돼지 모양으로 죽은 이
의 손에 쥐어 주었다._국립중앙박물관

옥돈玉豚

이승에서 움켜쥔 거
다 놓고 가렸더니

옥 돼지 두 마리만
모른 척 담고 가란다

고파도 고픈 줄 모를
하늘길이 저긴데

범종 (국립중앙박물관)

범종은 일반적으로 동종이라고도 하는데, 동종이란 사찰에서 사용하는 동제
의 범종으로, 대중을 모으거나 때를 알리기 위하여 울리는 종이다.
_ 한국민족문화대백과사전

범종

스스로 부서지며
어둠을 덜어내는

건듯 부는 바람이 되어
산문 안팎 넘나드는

깊어서
단단한 소리
사선斜線으로 쏟아낸다

합죽선 (전주 한옥마을 부채박물관)

부챗살이 접히는 접선의 가운데 살대와 변죽에 대껍질을 맞붙여 만든 고급
부채이다. 이 부채는 사치 풍조가 생긴, 조선 후기에 시작된 것으로 추정되며,
양질의 대나무와 솜씨 있는 장인들이 모인 전주가 명산지로 꼽힌다. 제작 과정
은 6개의 공방이 공정을 나누어 협업하였고, 선추를 달아 멋을 내었다.
_ 한국민족문화대백과사전

합죽선合竹扇

백선白扇이

바람의 빗장을 풀어낸다

시르죽은 열기가

흔들리다 빠진 자리

시절가 무릎장단이

댓살을
접었다 편다

쇄옥 (국립중앙박물관)

고대 중국에서는 옥에 신령스러운 힘이 있다는 이유로 장례 때 죽은 이의 몸
에 옥기를 올려놓는 풍습이 있었고, 이때 신체 9개의 구멍을 막는 것이 쇄옥
이다. 쇄옥은 생명의 근원인 정기가 빠져나가는 것을 막는 역할을 한다. 귀와
코, 항문에는 부드러운 천에 옥을 싸서 직접 막았고, 눈에는 나뭇잎 모양의
옥을 끈으로 연결하여 안경처럼 매었다._ 국립중앙박물관

쇄옥鎖玉

들고나며 보고 듣고
먹고 싼 아홉 구멍

빗장 질러 막은 후
명부전에 엎드리니

뼛속에 못 지운 그늘
화엄의 길 멀었단다

법고 (한국학중앙연구원)

홍고라고도 하며 줄여서 북이라고 한다. 주로 잘 건조된 나무로써 북의 몸통을 구성하고, 쳐서 소리를 내는 양면은 소의 가죽을 사용한다. 이때 북의 가죽은 암소와 수소의 가죽을 각기 양면에 부착하여야 좋은 소리를 낸다고 한다. 일반적으로 말하는 타악기의 일종이지만 불교 의식에 사용되므로 법고라고 한다._ 한국민족문화대백과사전

법고

울림판
뒤집어쓴
흰 소가
걸어 나와

고추뿔
북채 삼아
마음 심자心字
쓰는 새벽

손끝이
여향餘響을 거둬
동살의 길
열었다

옥벽 (국립중앙박물관)

고대 중국에서는 옥에 신령스러운 힘이 있다고 믿었다. 이런 이유로 장례 때
죽은 이의 몸에 옥기를 올려놓는 풍습이 있었고 이때 가슴에 놓아두는 것이
옥벽이다. 옥벽은 죽은 이를 지켜 주는 상징물이었다. 옥벽은 둥근 모양으로
영원히 죽지 않는 해와 같이 죽은 이를 지켜 준다는 의미를 지닌다.
_ 국립중앙박물관

옥벽玉璧

염포 속 식은 몸이
하소연 구구절절

영생 바란 헛꿈 이야기
숨죽여 듣던 이가

저승도 살만하다며
옥가락지 얹어 준다

화각함 (국립중앙박물관)

화각이란 소의 뿔을 얇게 펴서 투명하게 하여 일정한 크기로 만든 각지 안쪽
면에 광물성 안료로 무늬를 그려 무늬가 그려진 면을 나무로 만든 물건 위에
덧붙여서 장식하는 것을 말한다. 이 함은 붉은색 바탕에 모란, 학, 호랑이,
사슴, 거북이, 잉어 등의 동·식물무늬와 거북이, 사슴 등의 동물 위에 앉아
있는 동자 무늬로 장식하였다._국립중앙박물관

화각함華角函

고추뿔 얇게 펴
십장생 풀어 놓고

지분 냄새 유혹에
은밀히 외로 앉아

규방을 엿보는 호강
감은 척 눈 뜨고 있다

해설

깊어서 단단한 소리의 문장

이송희 | 시인

1. 색과 선과 빛을 품고

당대를 담아낸 작가의 작품은 그 시대를 풍미했던 사람들의 습속과 작가의 정신을 총체적으로 품고 있다는 점에서 서사적 의미를 갖는다. 우리는 그 작품을 통해 당대를 유추할 수 있을 뿐만 아니라 지금 우리의 모습을 성찰해 볼 수 있다. 회화와 유물을 비롯한 문화재 등을 바탕으로 쓰인 고정선 시인의 단시조집은 시적 대상의 색과 선과 빛을 관통하는 내밀한 서정과 시공간을 걷는 서사적 맥락을 품고 있다. 고정선 시인은 "가슴 깊은 곳을 묵직하게 흔들며/수천 번의 매질로 찾아낸/하늘의 소리"와 "세포 하나하나를 어루만지고 지나가는/바람의 소리", "그 소리의 속삭임에 대답"하고 싶어한다. 그는 이미 깊고 먼 곳의 울림을 온몸으로 끌어안으며 소리의 이미지를 몸으로 은유한다. 고정선 시인의 이번 시집 『달의 입술을 훔치다』는 조선시대에서 근현대에 이르는 화가의 그림과 장인들이 빚은 작품 등을 품고서 그 깊은 맛을 느낄 수 있도록 발효시킨 언어로 충만하다. 여기서 발효는 깊은 맛이 우러날 수 있도록 오랜 인내의 시간을 갖고 옛 유물과 회화 등을 품어 보겠다는 시인의 마음에서 비롯된다.

화가와 장인들의 어진 마음자리가 고스란히 남아 있는 그림과 유물, 유적과 생활 도구 등은 과거에만 머물러 있는 존재가 아니라 우리 삶의 속성을 파고들며 내면화의 과정을 거쳐 현재화된다. 당대를 살았던 이들의 경험과 상상력은 깨달음 혹은 성찰의 정서로 이어지면서 정신의 맥을 잇고 있기 때문이다. 고정선 시인은 단순하게 그림의 이미지나 사물의 외관을 묘사하는 것을 넘어 그것의 내밀한 속성을 읽어내고 내재된 의미를 파악하는 것에 주력한다. 대상의 이면을 읽어내는 예리한 눈과 그것을 감각적으로 표현해내는 언어 조탁의 힘이 시적 경험과 상상력과 조우하면서 현재화된 의미를 생성해 내는 지점에 고정선 시인의 시는 놓인다. 적은 언어로 깊은 울림을 내야 하는 단시조의 특성은 오랜 시간 고열과 압력을 견뎌내며 탄생한 도자기와 다르지 않다. 시인은 오랜 기다림의 순간을 지나온 바닥의 소리에 귀를 기울인다.

고정선 시인의 단시조가 군말 없는 긴장감으로 팽팽한 이유는 존재의 이면을 파고드는 시적 상상력과 경험적 사유가 탄탄하게 주제를 받쳐주고 있기 때문이다. 그림이나 유물, 유적 등을 대상화하여 쓴 작품은 그 안에 내재된 작가의 정신과 서정에 또 한 번의 색과 빛을 입히는 과정이 더해지면서 현재와 소통한다. 고정선 시인은 대상의 외관에서 풍기는 이미지와 그 이미지를 만들어 낸 서정적 배경을 간결하면서도 깊은 언어로 형상화하는 시적 전략을 펼쳐 보인다. 이러한 과정에서 시인은 그들의 삶과 정신에서 뿜어져 나오는 지혜의 힘과 깨달음의 사유를 다양하게 받아들인다. 고정선 시인이 마주한 유물과 유적, 그림 등을 만나며 작품이 품어 온 시대정신과 서정의 배경에 스며들어 본다.

2. 휘어짐이 당당한 순간

생각이 가는 대로 따라가 본 붓의 길

불이선 눈앞에 펼친 깨우침이 순간이다

화심花心에

찍어 둔 침묵

난향이 남긴 사리

– 「불이선란도不二禪蘭圖」 전문

    추사 김정희의 작품 「불이선란도」는 글씨를 쓰듯
난을 그린 대표작으로 알려져 있다. "생각이 가는 대
로 따라가 본 붓의 길"은 "불이선 눈앞에 펼친 깨우
침"의 순간이다. '불이선란不二禪蘭'은 깨달음과 난초
가 둘이 아니란 의미다. '선禪'은 일종의 깨우침을 향
한 명상으로 수행의 의미가 담겨 있다. '도圖'는 단순
하게 그림(형상)만 의미하는 것이 아니라, '변방까지
그려진 지도'라는 뜻을 가지고 있어, '꾀하다' 혹은 '계

산하다', '설계하다' 등의 이미지를 가지고 있다. 그러
므로 이 시는 난초를 그리면서 무언가 깨달음을 향해
정진해 나아간다는 의미를 품는다고 할 수 있다. 결
국 '불이선不二禪'은 분별심을 없애어 무분별, 무차별
한 경지에 이르는 것을 말한다. 불심佛心이 높은 선승
禪僧들도 분별성을 차단하려고 노력했다고 한다. '불
이선필不二禪筆'은 선과 붓이 다르지 않고 또 선과 난
초가 다르지 않다는 것을 말한다. 난초를 그리면서 분
별심과 차별심을 없애려고 노력했던 추사의 모습이
여기 있다. 나는 옳고 너는 그르다는 식으로 세상의
이치를 생각하는 마음을 걷어낸 자리를 되새겨 본다.
"난향이 남긴 사리"가 만져진다.

> 자욱한 그리움이
> 그늘진 시간 깁는 밤에
>
> 보고픈 님 닮은 백목柏木
> 푸른 피가 뜨거워지면
>
> 갈필로 받아 둔 사연
> 시린 눈물 고르고 있다
>
> ―「세한도」 전문

추사의 또 다른 작품 「세한도歲寒圖」 역시 문인화의 최고 정수를 보여주는 그의 대표작으로 손꼽힌다. 세한歲寒은 비로소 겨울이 되었다는 뜻인데, "한겨울 추운 날씨가 되어야 소나무와 측백나무가 시들지 않음을 비로소 알 수 있다歲寒然後知 松柏之後凋"는 공자의 말에서 따온 구절을 제목으로 취한 것이다. 제자인 통역관 이상적의 변함없는 의리를 날씨가 추워진대도 늘 한결같은 빛과 색을 유지하고 있는 소나무와 측백나무의 지조에 비유한 그림이다. 추사는 변함없는 제자의 지조에 대한 감사의 답례로 이 그림을 그려준 것이다. 겨울에 이른 '세한'의 의미는 김정희의 혹독하고 힘들었던 유배 시기와도 맞물려 있다. "갈필로 받아 둔 사연"이 "시린 눈물 고르고 있다"는 종장은 보고 싶고 그리운 마음의 절실함을 품은 대목으로 현재도 여전히 진행 중이라는 의미의 여지를 남기며 애잔함을 더한다.

견디며 사는 거야

바람의 속말 거부하는

담묵 농묵 세죽細竹들

새 떼처럼 날고 싶어

비운 속
직립의 등뼈
휘어짐이 당당하다

－「풍죽도風竹圖」 전문

　풍죽도風竹圖는 화가 탄은灘隱 이정李霆의 작품으로 바위틈에 뿌리내린 대나무 네 그루가 강풍을 맞고 있는 형상을 담고 있다. 네 그루 중 세 그루는 찢겨나갈 듯 요동치지만 한 그루의 대나무는 댓잎만 나부낄 뿐 바람에 당당히 맞서고 있다. 오만원권 지폐의 뒷배경으로 채택되었다는 이 그림은 가장 높은 예술적 경지를 보여주고 있는 것으로 평가된다. 대나무 잎사귀를 새 떼처럼 날고 있다고 표현한 묘사력과 "휘어짐이 당당하다"는 명제는 휘어지니까 사는 것이라는 역설적 의미를 안겨 준다. 단단하고 뻣뻣한 것은 한번 꺾여 버리면 회생은 불가능한데, 휘어진다면 삶은 이어질 수 있다. 대나무는 속이 텅텅 비어 나무라기보다는 풀에 가깝다. 휘어짐이 당당하다고 표현한 것은 휘어질지언정 꺾이지 않았다는 의미를 강조하기 위한 표

현이다. 대나무는 올곧은 외견으로 꿋꿋한 지조와 절
개를 상징하는 나무이지만, 반대로 융통성이 없는 대
쪽같은 충신들을 비꼬는 비유로도 활용된다.

벼린 눈길 앞세워

바람을 움켜쥐고

어지럽게 떠다니던 댓잎의 푸른 소리

칸칸이

채운 결기가

올곧아서

외롭다

— 「묵죽도墨竹圖」 전문

대나무를 제재로 한 강암剛菴 송성용宋成鏞의 묵죽
도墨竹圖에는 대나무의 겉모습뿐만 아니라 대나무의

본질적인 절개와 청한함과 절조가 담겨 있다. 그는 대나무를 묵으로 그리면서 여기에 청량한 바람까지 더했다. 고정선 시인은 "결기가//올곧아서//외롭다"고 표현하며 사람이 맑고 깨끗하기만 하면 가까이 하기가 쉽지 않다는 생각을 품게 한다. 적당히 융통성도 있어야 서로의 허물을 덮을 수도, 가려줄 수도 있다. 상대가 너무 투명하면 자신의 허물이 드러날 수 있으므로 함께 하기가 불편하고 꺼려지는 것이다.

고향 떠난 이후로

몸 안에서 울던 산이

꿈꾸며 품었던 기억

너무 깊어 돌아서다

원색의 등뼈 세운 채

그리움에 떨고 있다

— 「산」 전문

"고향 떠난 이후로//몸 안에서 울던 산이//원색의 등뼈 세운 채//그리움에 떨고 있다"(「산」)는 은유로 유영국의 작품 '산'의 이미지를 그린 시다. 일제강점기 한국 추상미술 1세대 화가로 평가받는 유영국의 작품 「산」을 배경으로 쓴 작품에서는 산의 듬직하고 단단하며 묵직한 느낌을 강렬하게 표현한다. '산'의 선, 면, 색채로 구성된 구상적 형태로서의 자연을 탐구하고자 했던 작가의 의도에서 비롯된 것인데, 직선의 구성과 붉은 톤을 중심으로 한 원색의 기하학적 패턴이 고향에 대한 그리움을 더 강하게 드러낸다.

3. 내 슬픈 자화상

사늘한 당파 바람
침묵으로 받아치며

불갈기 수염으로
가둬둔 속내 움켜쥐고

바람길 바위로 앉아

울음 서 말 저미고 있다

- 「자화상」 전문

　자화상自畵像에는 인물이 걸어 온 삶의 족적이 어떠했는지 고스란히 드러난다. 자화상은 단순하게 얼굴의 외관만 그리는 것이 아니라 내면을 그리는 것으로, 그 인물의 성품과 인품까지 드러나게 그리기 때문이다. 윤두서의 자화상은 원래 가슴 부분까지 그렸는데 오랜 세월이 지나 지워져서 얼굴 부분만 남아 있는 것이라 한다. 윤두서는 그림을 그릴 때 하루종일 대상을 집요하게 관찰한 후 그렸으며 실제 모습과 조금이라도 다른 점이 보이면 그렸던 그림을 모두 찢어 버렸다고 한다. 그의 그림에 대한 기본적인 신념이 겉모습을 닮게 그린 것도 중요하지만 더 중요한 것은 그 사람의 마음속까지 담고 있어야 훌륭한 초상화라고 생각했기 때문이다. 그 사람의 눈빛까지도 고스란히 담아야 비로소 자화상이라고 할 수 있다. 18세기 초 윤두서의 자화상은 우리 회화사의 최고 걸작으로 꼽히지만, 강렬한 기를 내뿜는 눈빛과 호랑이상을 연상케 하는 눈썹이나 눈의 기운은 섬뜩함을 자아낸다. 특히 윤두서의 눈은 동공과 홍채가 구별되어 있는데다 방사형으로 뻗어나가는 듯한 수염은 더 강한 인상을 준다. 꽉 다문 입술도 강한 인상을 연출하는데 한몫하여 언뜻 보기에는 확고한 신념과 불굴의 의지로 가득차 보이지만 당시 윤두서는 조선시대 치열한 당쟁 속에서 모진 고초를 당했다고 한다. 더구나 자화상을 그리고 있었을 당시는 그가 온갖 시련을 겪은 후 서울생활을 청산하고 고향으로 돌아왔을 때라고 한다. 서인과의 극심한 당쟁에서 정치적으로 소외되었을 뿐만 아니라 셋째 형이 귀양 중에 사망하고 윤두서와 큰형은 모함에 연루되어 죽을 고생을 한 뒤였다. 자기절제와 극기에 있어 남다른 의지력을 보였던 윤두서는 의식적으로 당당한 모습을 그리고자 했던 것으로 보이는데, 고정선 시인은 시련 많은 자화상의 배경을 "사늘한 당파 바람/침묵으로 받아치며", "불갈기 수염으로/가둬둔 속내 움켜쥐"는 모습으로 형상화하며 긴장미를 자아냈다.

스물두 살 그 시절
속으로 흘러든 아픔

허물 벗은 뱀들과

마른 울음 날름댔다

무의식

지층에 묻고

불꽃 유혹을 목 조르며

–「내 슬픈 전설의 22페이지」전문

 「내 슬픈 전설의 22페이지」는 천경자가 그린 1976
년 작품으로 천경자의 22세 때의 자화상이라고 볼 수
있다. 그녀는 스물둘에 첫 연인을 만나 딸을 낳고, 얼
마 후 아들을 낳았지만 곧 헤어지게 되는데, 이 복잡
하고 음울한 시기의 회상이 그림에 담겨 있다. 미래에
대한 불안감, 우수, 홀로 아이들의 엄마가 된 복잡한
시선이 분청색의 어두운 배경으로 암시되어 있다. 여
인의 머리 위의 뱀은 일생동안 슬하에 두었던 2남 2
녀의 아이들을 상징하고 불행한 결혼생활 속에서 아
이들을 부양해야 했던 작가의 쓰디쓴 기억을 조명하
고 있다. 하지만 훗날 이 뱀은 아픈 기억을 자양분 삼
아 영광의 관이 된다. 한恨과 영榮과 "속으로 흘러든
아픔"과 희망을 모두 보여주는 자화상을 "허물 벗은

뱀들과 "마른 울음 날름"대는 비유의 이미지로 묘사
한 점이 더 애처롭다.

눈물 크렁 흰 소의 뜸베질에 영각 소리

처자식 되새김질해

밤낮으로 품어도

정물로

남은 그리움

반복되다 시들고

— 「흰소」 전문

　　우리나라 근대 미술을 대표하는 화가 이중섭이 그
린 그림의 소재 중 많은 비중을 차지하는 것은 소다.
소의 표현을 통해 자신의 내면을 폭발적으로 드러내
는데, 특히 앞발에 힘을 모으고 언제든지 튀어 나갈
듯한 역동성을 선묘력線描力으로 보여주었다. 그의 작

품은 선 표현의 능란함과 강렬함으로 수렴되는데, 특히 그가 그린 소 그림은 "커다란 눈을 들여다보고 있으면 그저 행복했다"는 작가의 고백에서도 드러나듯이 자기 자신을 표현하는 듬직한 존재감으로 일종의 자화상이라고 할 수 있다. 소를 더 잘 그리고 싶어 일본으로 건너가서 일본 여성 야마모토 마사코山本方子를 만나 결혼을 하고 생활고로 다시 이별을 하는 등의 외로운 여정이 시작된다. '흰소'는 백의민족인 한민족의 모습을 반영한 민족적 표상으로도 해석된다고 한다. "처자식 되새김질해//밤낮으로 품어도""정물로"만 "남은 그리움"은 "반복되다 시들고" 또 어느새 반복될 그리움을 예감하게 한다. 되새김질을 하는 소의 속성과 가족에 대한 그리움을 달래는 이중섭의 끈질긴 인내를 반복적으로 재생하며 그리움이 사무친 마음의 고독을 더 부각시키고 있다.

꿈이라도 좋으니 깨지만 말았으면

아이들은 새와 놀고
들녘은 풍요로워

서럽게 살아온 날들

침묵으로

접어두고

－「서귀포의 환상」 전문

「서귀포의 환상」은 1951년 제주에 잠시 머물며 그
린 그림으로 수확기에 귤 따는 아이들의 순진무구한
표정을 담고 있다. 높은 나무에 달린 귤을 따기 위해
아이들이 크고 흰 새의 등에 올라타고 있는 모습이
자연과 잘 어우러져 인상적이다. 이중섭이 서귀포에
머물던 시기는 1951년 1월~12월로 1년 남짓한 기간
이지만 온 가족이 찬 없이 밥을 먹고, 고구마나 김이
(게)를 삶아 끼니를 때울지언정 웃으면서 함께 살 수
있었던 행복한 시간이었다고 한다. 이중섭의 아내 이
남덕(야마모토 마사코)은 "시댁 식구들을 벗어나 달
랑 네 식구만 남고 보니 소꿉장난처럼 행복한 순간도
있었다."고 회상한 바 있다. 그런 이유로 이 시기 그
의 그림에는 희망이 있었고, 즐겁고 행복한 가족의
모습이 있었는지도 모른다. 이중섭은 서귀포에 머물

면서 전쟁의 현실을 벗어나 꿈꾸던 유토피아를 고스란히 그림에 담았다. 그래서 작가는 이 순간이 "꿈이라도 좋으니 깨지만 말았으면" 하고 바란다. "아이들은 새와 놀고/들녘은 풍요로"우니, "서럽게 살아온 날들//침묵으로//접어두고" 싶은 것이다. 초가집 사이로 함석집이 보이고 전쟁을 피해 피난길에 시달리던 혹독함이나 고달픈 정서를 찾아볼 수 없는 차분함을 지켜내고 싶었던 작가의 마음이 보인다. 「흰소」가 이중섭의 자화상에 가깝다면, 「서귀포의 환상」은 이중섭이 지향하고 꿈꾸는 무릉도원의 모습으로서 낙원이 아니었을까.

4. 서로를 안고 치대며 살아남은 삶

늦은 밤,

예측 없는 내일을 위해
한 잔 더

취기가

156

닫아 둔 새벽

갈지자로

흔들릴 때

사내들

서로를 안고

붉은 눈 힘주어 뜬다

— 「취야醉夜」 전문

　　고암顧菴 이응노李應魯의 작품 「취야」에는 선술집에
앉아 술잔을 기울이는 두 사람과 술집 주인으로 보이
는 사람이 등장한다. 작가가 이 당시 자포자기의 생활
을 하면서 보았던 밤 시장의 풍경과 서민 생활의 풍속
을 따뜻하게 그린 작품이다. 서민들의 강인한 생명력
과 생존에 대한 열망과 투쟁심은 "붉은 눈 힘주어 뜬
다"는 말로 압축되어 있다. 선술집에서 술을 마시면서
오늘 하루 쌓였던 스트레스나 노고, 원망의 마음, 고
단함 등을 지우고 새로운 하루를 맞이하겠다는 마음
아닌가. "늦은 밤,"을 한 행으로 처리하고 쉼표를 찍
는 것도 삶의 여유와 휴지를 두려는 작가의 의도가 아
닐까. "예측 없는 내일을 위해/한 잔 더" 마시는 정감

속에서 다음날의 희망을 예감할 수 있을 것이기 때문
이다.

원시의 실핏줄이 흙 속에서 불거져

햇살을 덧칠하며 이력으로 남긴 손금

치대며 살아야 했던

눈부신 때깔이다
— 「빗살무늬 토기」 전문

　　신석기 시대의 대표적인 유물인 빗살무늬 토기는
바닥이 뾰족한 포탄 모양의 형태를 하고 겉면은 점과
선으로 구성된 기하학적인 문양으로 장식된 토기라
한다. 신석기 시대의 사람들은 강가나 바닷가에 주로
살았다. 모래사장 위에서 이 토기를 받아 쓰기 위해서
는 바닥이 V자 형태로 뾰족해야 한다. 토기는 불에 달
궈 구워 만드는데 그 당시 기술로는 토기를 불에 그대
로 구우면 토기가 갈라지기 때문에 토기 겉면에 빗살
무늬를 새긴 것이다. 빗살무늬를 넣으면 토기가 깨지

는 것을 막을 수 있고, 토기 모양을 유지할 수 있다. 신석기 시대 사람들의 삶의 지혜와 강인한 생활력을 보여주는 것이 빗살무늬 토기라고 할 수 있다. 식량을 저장하고 음식을 조리하고 밥그릇 국그릇으로 이용한다는 점에서 빗살무늬 토기는 유용하다. 음식의 저장, 보관, 조리, 그릇으로서의 의미가 있는 토기는 그 자체가 먹고 살기 위한 기본 조건이 아닌가. 그런 점에서 원시 시대를 살았던 선조들의 강력한 생존의 본능, 생활력 등을 보여주는, "치대며 살아야 했던//눈부신 때깔"이 여기 있다.

바다 건너 초록의 땅

해비늘로 뜨는 섬

구름 밀며 나는 새

달항아리 기웃대면

아낙네 이맛전에 핀

섬,

거기 환한 봄날

– 「섬 이야기」 전문

원만圓滿하게 살아가는 섬 사람들의 이야기가 담긴 김환기 화백의 그림에는 원형圓形의 이미지가 많이 등장한다. 사람들은 머리 위에 항아리를 이고 있다. 백자 달 항아리, 새, 보름달 등 원형의 이미지에는 원만하고 순환하고 상생하는 느낌이 담겨 있으며, 교류와 소통의 이미지가 있다. 섬이 고립된 공간임에도 불구하고 더불어 살아가고자 하는 의지나 열정을 담으려고 한 것은 아닐까. 백자도 얼굴도 섬도 모두 동글게 표현하고 있어 밝고 환한 봄날의 이미지와 자연스럽게 이어진다.

물방울 작가라고 불리는 김창렬의 그림 「물방울」역시 둥근 이미지로, 세상의 모든 빛을 담는다는 이미지를 품고 있다. 시간을 어루만지던 고요가 물방울이다. 불을 켜는 것은 빛을 품었다가 반사하여 세상을 밝게 비추는 것을 표현한다. 물방울은 생명을 품고 있는 존재라서 소중하다는 것을 일깨우려는 것일까. "둥글게 말린 물의 숨결/빛 속으로 떠난 후//무젖은 별들이/눈부시게 녹아들자//시간을/어루만지던/고요가 문득 불을 켠다"는 물방울의 서사는 생명의 순환성으로 이어지면서 현재성을 얻는다.

5. 돌아보면, 우리는 하나

처처에 부처이니 두려워할 필요 없다

나 없으면 너도 없고
돌아보면 하나라

삼매三昧 속
견성의 바다

배 한 척 떠 간다

– 「백지에 금니로 쓴 화엄경」 전문

내가 없으면 너도 없다는 불교의 연기설緣起說을 담은 화엄경은 존재의 상호의존성을 이야기한다. 따지고 보면 모든 것은 하나인데, 우리는 분별심을 가지

고 살다 보니 그런 인식을 갖기 쉽지 않다. '삼매三昧'
라는 말은 주관과 객관, 그 사이에서 일어나는 마음
이 올바른 관찰과 마음가짐을 통해서 하나가 되고 마
침내 그 세 가지에 대한 생각까지 잊어버리게 되는 경
지를 말한다. 초장에서 시인은 "처처에 부처이니 두려
워할 필요 없다"고 말하고 있지 않은가. 너와 나는 하
나이고 너도 부처, 나도 부처, 이 모든 것은 마음이 만
들어 내는 것이라는 메시지가 이 작품의 핵심이라 할
수 있다. 마음만 올곧게 가지면 모두가 하나인 것을
알 수 있으니 두려워할 것이 없다, 굳이 따지면 부처
와 중생이 둘이 아니라 하나라는 것이다. 이미 내 안
에 부처가 있다. 그러므로 모든 것이 부처라는 논리가
성립되는 것이다. 궁극적으로 고정선 시인이 이 시집
을 통해 말하고자 했던 메시지가 아니었을까.

마음을 씻는 일도 쉽지 않은 일인데

귀까지 씻으라는 천둥 같은 울림이다

허유가 나를 보더니

못 본 척

눈도 씻는다

–「귀를 씻는 허유 이야기가 그려진 거울」 전문

은자隱者 소부巢父는 명성을 누리는 것조차 이치에 맞지 않다고 생각하여 명성이 있는 허유許由가 귀를 씻었다는 영수潁水의 물에 자기 망아지가 그 물을 먹는 것을 말리고 영수의 상류에서 물을 먹였다는 이야기가 있다. 결과적으로 지조와 절개를 가지고 있어야 한다는 것을 표현한 작품이다. 고정선 시인은 지조와 절개를 품고 존재하는 것이 부처라는 깨달음으로, 더불어 살아가는 마음을 이야기하며 자기를 성찰하는 시간을 갖게 한다. 그리고 "스스로 부서지며/어둠을 덜어내는"(「범종」) 범종처럼 "깊어서/단단한 소리/사선斜線으로 쏟아"내는 맑고 웅장한 소리를 새길 일이다. 세상에 맑은 소리를 전해서 시간도 알려주고 대중을 모으기도 하는 범종. 웅장하고 큰 울림을 주는 종소리는 우리나라만의 고유성을 갖는다. 고정선 시인의 이번 시집은 결국 우리는 단독자로 살아갈 수 없음을 인식하게 하며 서로가 서로를 지조있게 지켜내고 사랑할 때 우리의 삶이 영속성이 생긴다는 사유를 품고 있다.

다인숲 단시초집

달의 입술을 훔치다

—

초판 1쇄 인쇄   2024년 9월 10일
초판 1쇄 발행   2024년 9월 20일

—

지 은 이   고정선
펴 낸 이   임성규
펴 낸 곳   다인숲
디 자 인   정민규

—

출판등록   2023년 3월 13일 제2023-000003호
주   소   62357 광주광역시 광산구 월곡산정로 20-49 101동 106호
전자우편   a-dream-book@naver.com

—

*책 가격은 뒤표지에 표시되어 있습니다.
*지은이와 협의에 의해 인지는 생략합니다.
*잘못된 책은 교환해 드립니다.

—

ISBN 979-11-988967-1-1 03810

ⓒ고정선, 2024

후원   한국장애인문화예술원
Korea Disability Arts & Culture Center